Printed by BoD™in Norderstedt, Germany

چاند کی چوری

(بچوں کا ناول)

مصنف:

پرکاش پنڈت

ISBN 978-81-19022-76-2

کتاب	:	چاند کی چوری
مصنف	:	پرکاش پنڈت
صنف	:	ادب اطفال
ناشر	:	تعمیر پبلی کیشنز (حیدرآباد، انڈیا)
زیرِ اہتمام	:	تعمیر ویب ڈیولپمنٹ، حیدرآباد
تدوین/تہذیب	:	مکرم نیاز
سالِ اشاعت	:	سنہ ۲۰۲۳ء
تعداد	:	(پرنٹ آن ڈیمانڈ)
طابع	:	تعمیر پبلی کیشنز، حیدرآباد –۲۴
صفحات	:	۳۰
سرِ ورق ڈیزائن	:	تعمیر ویب ڈیزائن

دنیا کے بچوں

کے نام

تعارف

ایک مہذب اور صاف ستھرے سماج اور ملک و ملت کے زریں مستقبل کے لیے ادب اطفال کی جتنی ضرورت ہمیں کل تھی، آج بھی ہے۔ ان کہانیوں میں وعظ و پند کا شور نہیں بلکہ انسان دوستی اور ہمدردی کی دھیمی دھیمی اور بھینی بھینی مہک ہونی چاہیے۔

بچوں کے ادب کی زبان نہایت آسان ہونی چاہئے۔ طرز ادا اور اسلوب بیان ایسا ہو کہ بچے بخوشی انہیں پڑھیں، ان میں دلچسپی لیں، ان کو پڑھ کر مسرت محسوس کریں۔ کہانیوں میں مختلف دلچسپ واقعات کی شمولیت سے بچوں کی دلچسپی کو بڑھایا جا سکتا ہے۔

بچوں کا یہ مختصر سا ناول "چاند کی چوری" انہیں بتاتا ہے کہ دنیا میں امن و امان، سکون و اطمینان برقرار رکھنے کا فریضہ خود عوام پر عائد ہوتا ہے اور انہیں اپنا فریضہ ادا کرنے میں کوتاہی نہیں برتنا چاہیے۔

دنیا کی آبادی روز بروز بڑھ رہی تھی اور لوگ پریشان تھے کہ اگر یہ آبادی اسی طرح بڑھتی رہی تو ایک دن نہ صرف سر چھپانے کو جگہ نہیں ملے گی نہ صرف تن ڈھانپنے کو کپڑا نہیں ملے گا بلکہ لوگ بھوکوں مرنے لگیں گے ۔

لوگ تو بڑھتی ہوئی آبادی کے ہاتھوں پریشان ہی تھے، لوگوں پر حکومت کرنے والی حکومتیں ان سے زیادہ پریشان تھیں۔ آئے دن چوریاں ہوتی تھیں، ڈاکے پڑتے تھے اور اِدھر کچھ عرصہ سے تو قتل تک کی وارداتیں ہونے لگی تھیں۔ بڑے غور و خوض اور آپس میں صلاح مشورے کے بعد دنیا کی بڑی بڑی حکومتوں نے اس مسئلہ کا حل سوچنے کے لیے ایک جلسہ

کرنے کا فیصلہ کیا ۔

اجلاس کئی ہفتوں تک چلتا رہا۔ بڑی لمبی چوڑی اور گرما گرم بحثیں ہوئیں ۔ بعض حکومتوں کے نمائندے واک آؤٹ تک کر گئے ۔ لیکن مسئلہ جہاں تھا وہیں کا وہیں رہا۔ کچھ حکومتوں کے نمائندوں کا خیال تھا کہ بڑھتی ہوئی آبادی کو گھٹانے کے لئے ہر پندرہ برس کے بعد ایک عالمگیر جنگ کرنی چاہئے جس سے کم از کم ایک چوتھائی آبادی کم ہو سکتی ہے ۔ بعض نمائندے جنگ کے خلاف اور وبا کے حق میں تھے ۔ ان کا کہنا تھا کہ جنگ میں اخراجات بہت ہوتے ہیں۔ بڑے بڑے خوفناک ہتھیار بنانے میں حکومتوں کے کروڑوں روپے ضائع ہو جاتے ہیں۔ جنگ اور آبادی سے بچنے کا سستا نسخہ یہ ہے کہ جس ملک کی حکومت اپنے ملک کی آبادی کو کم کرنا چاہتی ہو وہ اپنے ملک کے کسی بھی حصے میں طاعون پھیلانے والے چوہے یا ہیضہ پھیلانے والی مکھیاں چھوڑ دے ۔ لوگوں کو کانوں کان خبر نہیں ہوگی اور بڑی صفائی سے کافی آبادی کا صفایا ہو جائے گا۔ بعض نمائندوں نے ہلدی پھٹکری کے

بغیر جھوکھارنگ لائے کی رائے دی۔ان کی قیمتی رائے یہ بھی کہ خوش حال ملکوں کی حکومتیں ضرورت مند ملکوں کو اپنے کھانے پینے کی فاضل چیزیں قیمتاً یا مفت دینے کے بجائے انہیں سمندر میں غرق کردیا کریں۔ آبادی اپنے آپ کم ہونی شروع ہو جائے گی۔ لیکن یہ تینوں ترکیبیں چوں کہ کافی بار آزمائی جا چکی تھیں اور نتیجہ وہی ڈھاک کے تین پات نکلا تھا یعنی دنیا طور پر تو چند لاکھ لوگ جنگ سے، وبا سے یا بھوک سے مر جاتے تھے لیکن پھر جلد ہی کئی لاکھ اور پیدا ہو جاتے تھے اور آبادی کا مسئلہ پہلے سے بھی خطرناک ہو جاتا تھا اس لئے دنیا کی بڑی بڑی حکومتوں کے ان نمائندوں نے ان تجویزوں کو منظور نہیں کیا۔ انہوں نے ایک بڑے ملک کے نمائندے کی اس تجویز کو بھی رد کردیا کہ آبادی کو کم کرنے کے بجائے ایٹم، ہائیڈروجن، نائٹروجن وغیرہ بموں کو ایک ساتھ استعمال کرکے آبادی کو سرے سے ختم کردیا جائے کہ نہ رہے گا بانس نہ بجے گی بانسری۔ حکومتوں کے نمائندوں نے اس کار آمد تجویز کو اس لئے رد نہیں کیا تھا کہ انہیں بانسری بجانے کا بہت شوق تھا بلکہ اس تجویز میں دوسروں

کے ساتھ ساتھ انہیں اپنی موت بھی نظر آتی ہوتی اور آپ جانیئے وہ بڑی بڑی حکومتوں کے نمائندے ہوں یا چھوٹی سی چھوٹی منڈیاں اپنی جان سب کو عزیز ہوتی ہے۔ جب تمام نمائندے بول بول کے تھک گئے اور نتیجہ کچھ نہ نکلا تو جلسے کے صدر نے اٹھ کر کہنا شروع کیا:

''مہربان دوستو! بڑی خوشی کی بات ہے کہ ہمیشہ کی طرح بھی ہم کسی مسئلہ کا حل ڈھونڈنے میں کامیاب نہیں ہو سکے۔ دراصل ہمارا فرض مسئلوں کو حل کرنا نہیں انہیں زیادہ اور زیادہ الجھانا ہے اور میں خوش ہوں کہ اس بار بھی ہم نے بڑی کامیابی سے اپنا یہ مقدس فرض ادا کیا ہے ۔ بڑھتی ہوئی آبادی کا مسئلہ : جیسا کہ رحمدل دوستوں کا خیال ہے، کافی اہم مسئلہ ہے۔ لیکن یہ اتنا پیچیدہ نہیں ہے جتنا کہ آپ سمجھتے ہیں میری ناچیز رائے میں یہ مسئلہ چٹکیوں میں حل کیا جا سکتا ہے ...''

نمائندوں نے تالیاں بجا بجا کر پورا ہال سر پر اٹھا لیا اور ہمارے فخر کے صاحب صدر کی باچھیں کھل گئیں، سلسلۂ کلام جاری رکھتے ہوئے اُس

نے کہا:

‘‘ہمارے سائنسدان اس مسئلہ کو چٹکیوں میں حل کر سکتے ہیں۔ ہمارے سائنسدان جیسا کہ آپ جانتے ہیں کیا نہیں کر سکتے؟ اگر ہمارے سائنسدان دوربین ایجاد کر سکتے ہیں کہ ہم نزدیک کی چیزوں کو دیکھنا چھوڑ کر دور کی چیزیں دیکھنا شروع کر دیں۔ اگر ہمارے سائنسدان بجلی کی مصنوعی روشنی ایجاد کرکے ہمیں باطن کی روشنی سے بے نیاز کر سکتے ہیں تو کوئی وجہ نہیں کہ وہ بڑھتی ہوئی آبادی کے اس معمولی سے مسئلہ کو حل نہ کر سکیں۔ آخر جنگ کے خطرناک سے خطرناک ہتھیار کس نے تیار کئے؟’’

‘‘سائنسدانوں نے’’ پورے ہال نے نعرہ لگایا۔

‘‘وبوں، کھیوں اور مچھروں میں وبائیں پھیلانے کی تاثیر کس نے پیدا کی؟’’

‘‘سائنسدانوں نے’’، ہال نے اور بھی زور سے نعرہ لگایا۔

‘‘بڑے پیمانے پر بجری، ہوائی اور تری خودکشی کے لئے بجری جہاز، ہوائی جہاز اور ریل گاڑیاں کس نے ایجاد کیں؟’’

’’سائنسدانوں نے‘‘ اس بار نمائندوں نے اس زور سے نعرہ لگایا کہ کسی بھی نمائندے کے حلق سے آواز نہ نکل سکی ۔

’’تو پھر آپ ہی بتائیے ، اس میں پریشان ہونے کی کیا ضرورت ہے ؟‘‘ صاحبِ صدر نے فتح مندانہ نظروں سے نمائندوں کی طرف دیکھتے ہوئے کہا ’’ہاں یہ ضرور ہے کہ بعض ملکوں کے سائنسدان ، جن میں میرے عظیم ملک کے سائنسدان بھی شامل ہیں ، بڑے اکثر بے ڈھب اور خود سر ہیں اور اکثر اپنی حکومتوں کے احکامات کو ٹھکرا دیتے ہیں ۔ انہیں رام کرنے کے لئے میرا مشورہ یہ ہے کہ اگر اس مسئلہ کا حل ڈھونڈنے میں کوئی بہانہ کریں تو انہیں اُن کی خواہش کے مطابق قید با مشقّت کی سزا ، جلا وطنی کی سزا یا پھانسی کی سزا دی جائے ۔ ہم چوں کہ انصاف پسند اور ہر شخص کی آزادی کے قائل ہیں اس لئے سزا انہیں ان کی پسند کے مطابق ہی دینی چاہئے‘‘

صاحبِ صدر نے اپنی تقریر ختم کی ۔ نمائندے اس فیصلے سے بہت خوش ہوئے اور اپنے ملکوں کو لوٹ گئے ۔

اتفاق کی بات جب ان ملکوں کی حکومتوں نے اپنے سائنسدانوں کو اپنے اس فیصلے سے آگاہ کیا تو انہوں نے اس مسئلے میں ضرورت سے زیادہ دلچسپی لی۔ فرق صرف یہ تھا کہ تقریباً تمام سائنسدان آبادی کو کم کرنے کے بجائے موجودہ آبادی کو زیادہ سے زیادہ روٹی کپڑا اور رہنے کی جگہ فراہم کرنے کے حق میں تھے اور وہ اسی سلسلے میں نت نئے سائنسی اور کیمیاوی تجربے کرنے لگے۔

ایک سائنسدان نے سوت، اون یا ریشم کے بجائے درختوں کی چھال اور گھاس پھونس سے ایسا کپڑا تیار کر دکھایا جو اصل کپڑے کو مات کرتا تھا اور قیمت کے لحاظ سے بھی اصل کپڑے سے بھی بہت سستا تھا ایک اور سائنسدان نے مٹی پانی کے بغیر ہی اپنے شیشے کے مرتبانوں میں پھلدار پودے اگا دیئے اور پتھری کوئلے سے کھاد تیار کر دی، ایک اور سائنسدان کی نگرانی میں ایک ایسا مکان تیار ہونے لگا جس کی ایک دو نہیں پوری تین سو منزلیں تھیں اور اس مکان کو اتھا کر ایک جگہ سے دوسری جگہ پر بھی لے جایا جا سکتا تھا۔ لیکن

ان تمام ایجادوں کے جملہ حقوق چوں کہ حکومتوں نے اپنے نام محفوظ کروالئے تھے۔ اس لئے دنیا کے لوگوں کو تو کیا خود ان کے اپنے ملک کے لوگوں کو بھی ان سے کچھ فائدہ نہ پہنچ سکا۔

اس سے پہلے جو سائنسدان چاند پر پہنچنے کی کوشش اور تجربے کر رہے تھے وہ اور بھی زور شور کے ساتھ اپنے کام میں مصروف ہو گئے اور انہوں نے اعلان کر دیا کہ چند برس میں وہ چاند پر پہنچنے میں کامیاب ہو جائیں گے اور اس طرح دنیا کی کافی آبادی چاند پر آباد کی جا سکے گی۔ بڑے بڑے آلوں کے ذریعے وہ زمین اور چاند کے درمیانی فاصلے کو ماپ چکے تھے۔ راستے کی مشکلات کا حل بھی انہوں نے ڈھونڈھ نکالا تھا کہ چاند کی سرزمین قریب قریب انہیں چیزوں سے بنی ہوئی تھی جن چیزوں کا مرکب ہماری یہ زمین ہے۔ چاند کی آب و ہوا، چاند کے دن اور رات، چاند کے موسم اور چاند کی قوت کشش کے بارے میں بھی انہیں تمام معلومات حاصل ہو چکی تھیں اور اب صرف ایک ایسے راکٹ کی تیاری باقی تھی جو چھبیس ہزار میل فی گھنٹہ کی رفتار سے اڑ سکے اور

اس طرح صرف دس گھنٹے میں آدمی کو زمین سے چاند تک پہنچانے کے پانچ ہزار میل فی گھنٹہ کی رفتار سے اڑنے والے راکٹ کا ان کا تجربہ تو کامیاب بھی ہو چکا تھا۔

حکومتیں اپنے ان سائنسدانوں کو اس اہم کی جلد از جلد کامیابی کے لئے دل کھول کر امداد دے رہی تھیں، کیوں کہ حکومتوں کا خیال تھا کہ چاند پر اپنے اڈے بنانے کے بعد وہ بڑی آسانی سے مریخ، زہرہ، مشتری وغیرہ پر بھی اپنے جھنڈے گاڑ سکیں گے جو ہماری اس زمین سے کہیں زیادہ بڑے سیارے ہیں۔

چاند پر پہنچنا اور وہاں آباد ہو جانا ہی کچھ کم حیرت کی بات نہ تھی کہ ایک دن دنیا بھر کے اخباروں میں ایک ایسی خبر شائع ہوئی کہ جس نے بھی اسے پڑھا یا سنا ہمارے تعجب کے دم بخود رہ گیا۔

”یہ کیسے ہو سکتا ہے؟“

”ایسا کبھی نہیں ہو سکتا!“

’’ناممکن، قطعی ناممکن!‘‘

لوگوں نے اور حکومتوں نے اور خود سائنسدانوں نے بے یقینی ظاہر کی ۔۔۔ چاند پر پہنچا تو جا سکتا ہے لیکن چاند کو یا زمین کو یا کسی بھی سیارے کو اس کی جگہ سے ہٹانا کسی سائنسدان کے تو کیا، بڑے سے بڑے جادوگر تک کے بس کی بات نہیں ۔ لیکن پھر رفتہ رفتہ بے یقینی ڈھل مل یقین میں تبدیل ہونے لگی۔

’’ممکن ہے ایسا ہو سکتا ہو‘‘

’’دنیا میں کیا ممکن نہیں ہے ؟‘‘

’’سائنس کی لغت میں لفظ ’ناممکن‘ نہیں ہے،‘‘ اور لوگ اور حکومتیں اور سائنسدان اس خبر کی تہہ تک پہنچنے کی کوشش کرنے لگے۔

خبر میں کہا گیا تھا کہ ایک سائنسدان، جسے کسی زمانے میں اس کے ملک کی حکومت نے حکم نہ ماننے پر اُسے ملک بدر کر دیا تھا اور ان دنوں وہ ایک گمنام جزیرے میں رہتا تھا، اس بات کا دعویٰ کرتا ہے کہ اُسے ضروری امداد دی جائے تو وہ زمین سے چاند پر پہنچنے کے بجائے چاند ہی کو زمین پر اتار

سکتا ہے۔ سائنسدان نے بڑی تفصیل اور بڑے حوالوں کے ساتھ اعلان کیا تھا کہ آج سے کروڑوں برس پہلے چاند ہماری زمین کا ویسا ہی ایک حصہ ہے جیسا کہ اربوں برس پہلے ہماری زمین سورج کا حصہ تھی۔ ایک طرح سے چاند کو زمین کا روٹھا ہوا بیٹا سمجھنا چاہیے۔ جو کسی وجہ سے روٹھ تو گیا لیکن پھر اس خیال سے کہ شاید ماں کبھی اُسے منا لے، وہ ہر وقت ماں کے گرد چکر کاٹتا رہتا ہے۔ سائنسدان کا دعویٰ تھا کہ وہ اپنے آلوں کے ذریعے بحرالکاہل کے پانی میں اتنی زیادہ قوتِ کشش پیدا کر سکتا ہے کہ جب سے چاند زمین کے گرد اپنی گردش ترک کرکے چپ چاپ بحرالکاہل میں اُتر آئے گا۔ آخر بحرالکاہل ہی تو وہ جگہ ہے کہ جہاں سے کسی زمانے میں چاند نکل بھاگا تھا اور آخر میں اس سائنسدان نے دنیا کی بڑھتی ہوئی آبادی کے مسئلہ کی طرف اشارہ کرتے ہوئے کہا تھا کہ اس مسئلہ کا اس سے بہتر اور کوئی حل نہیں کہ دنیا کو برِّاعظم افریقہ جتنا بڑا ایک اور بڑا اعظم دے دیا جائے کیوں کہ یہ تو ہر سائنس دان جانتا ہے کہ چاند کا رقبہ برِّاعظم افریقہ کے

رتبے جھٹنا ہے۔

جس طرح بے یقینی کے بادل چھٹ کر اس کی جگہ ڈھل مل یقینی نے لے لی، اسی طرح ڈھل مل یقینی سے یقین کی فضا تیار ہوگئی اور بڑے بڑے ملکوں کی حکومتوں نے اس سائنسدان کو اپنے ساتھ ملانے کی کوشش شروع کردی۔ ہر حکومت دوسری حکومت پر بازی لے جانا چاہتی تھی۔ کیونکہ اب جنگ سے دوسرے ملکوں پر قبضہ کرنا قریب قریب ناممکن ہو چکا تھا، اس لیے اُنہوں نے اس موقع کو قیمتی سمجھا ۔۔۔۔۔۔۔۔۔ جس ملک کی حدود سے چاند زمین پر اُترے گا، وہی ملک بلا شرکت غیرے چاند کا مالک ہوگا۔ کولمبس نے جب پرتگال کی طرف سے نئی دنیا دریافت کی تھی تو اس پر پرتگال کا ہی جھنڈا لہرایا تھا اور پھر ہر ملک کی حکومت کا خیال تھا کہ بڑھتی ہوئی آبادی کا سب سے زیادہ شدید خطرہ اسی کو درپیش تھا۔

جس ملک کی حکومت نے اس سائنسدان کو ملک سے نکالا تھا، اس نے اُسے واپس شہری حقوق دینے کے ساتھ ہر طرح کی مدد دینے کا وعدہ

کیا لیکن اس سائنسدان نے اس پیش کش کو ٹھکرادیا۔ اس نے ان تمام ملکوں کی حکومتوں کی پیش کشوں کو ٹھکرادیا جو مدد دینے کے بدلے اس سے چاند پر اپنے قبضے کی شرائط منوانا چاہتی تھیں ۔ حکومتوں کے بجائے اس نے دنیا کے عام لوگوں سے اپیل کی کہ وہی اس کی مدد کریں ۔ کیوں کہ آبادی کا مسئلہ ایک ملک یا قوم کا نہیں، پوری انسانی نسل کا مسئلہ ہے ۔ جو شخص چاند کو زمین پر اتارنے میں جتنی زیادہ مدد دے گا، چاند کے زمین پر اترنے کے بعد اتنی زیادہ ہی اس کی ملکیت ہوگی ۔

اس سائنسدان نے جب حکومتوں کی مدد کو ٹھکرا کر براہِ راست دنیا کے لوگوں سے مدد حاصل کرنے کا اعلان کیا اور لوگ اس کی مدد پر آمادہ نظر آنے لگے تو حکومتوں نے طرح طرح کے ہتھکنڈوں سے کام لینا شروع کیا۔ پہلے اپنے جاسوس بھیج کر انہوں نے اس سائنسدان کو رشوت دینے کی کوششش کی۔ اس میں انہیں کامیابی نہ ہوئی تو اُسے موت کی دھمکیاں دی جانے لگیں ۔جب سائنسدان نے ان گیدڑ بھبکیوں کی بھی پرواہ نہ کی اور

برابر عوام سے مدد کی اپیل کرتا رہا تو حکومتوں نے اپنا رخ عوام کی طرف کر دیا۔ بڑی بڑی جہاز راں کمپنیوں کی طرف سے اعلانات شائع کرائے کہ اگر چاند بحرالکاہل میں اتر آیا تو نہ صرف جہاز راں کمپنیوں کے دیوالے پٹ جائیں گے۔ نہ صرف کئی ملکوں کے درمیان تجارت اور آمد و رفت کا سلسلہ کٹ جائے گا بلکہ مچھلیاں اور موتی دستیاب ہونے بند ہو جائیں گے اور یوں دنیا ان قدرتی نعمتوں کی کافی بڑی مقدار سے محروم رہ جائے گی ۔

کچھ سائنسدانوں سے یہ بیانات دلوائے کہ اگر چاند زمین پر اتر آیا تو ایسا خوفناک زلزلہ آئے گا کہ دنیا تہس نہس ہو جائے گی اور اگر کسی طرح دنیا اس زلزلے سے بچ گئی تو چاند کی ٹھنڈک نہ رہنے کی وجہ سے زمین پر سورج کی گرمی اتنی زیادہ بڑھ جائے گی کہ سب کچھ جل بھس کر زراکھ ہو جائے گا۔

بڑے بڑے شاعروں کو ڈراد مکاکر اس قسم کی نظمیں لکھوائی گئیں کہ اگر چاند نہ رہا تو حسن کا احساس مٹ جائے گا۔ ایک چاند ہی تو ایسی چیز ہے جسے دیکھ کر ہم اپنے بچھڑے ہوئے ساتھیوں کو یاد کرتے ہیں ۔ چاند میں جھانک کر ہم

ان کے چہرے دیکھتے ہیں ۔ انہیں پا لیتے ہیں ۔

بہت ممکن تھا کہ لوگ اس قسم کی سازشوں میں آکر سائنسدانوں کی مدد سے ہاتھ کھینچ لیتے کہ اس سائنسدان نے اپنے ایک ہی بیان سے اس پورے زہر کا اثر ختم کر دیا ۔ اپنے بیان میں اُس نے حکومتوں کی ان حرکتوں کا کچا چٹھا کھول کر رکھ دیا اور لوگوں سے کہا کہ وہ اسی طرح اپنی حکومتوں کے ہاتھ میں کھیلتے رہے تو وہ دن دور نہیں جب موجودہ آبادی کو جنگ کی وبا اور ناکہ بندی سے بھی خوفناک طریقوں سے ختم کرنے کی کوشش کی جائے گی ۔۔۔۔۔۔۔ نتیجہ اس بیان کا یہ ہوا کہ لوگ پہلے جو اپنی حکومتوں کے خوف سے خفیہ طور پر اور پھر بے دھڑک ہو کر کھلے عام اس سائنسدان کی مدد کرنے لگے ۔

تقریباً ہر روز سائنسدان اپنی کارگزاری نشر کر دیتا تھا کہ اب اس کے تیار کردہ آلوں میں اتنی قوت پیدا ہو گئی ہے کہ چاند کو ڈھائی لاکھ میل کی دوری سے دو لاکھ میل کی دوری پر لایا جا سکتا ہے ۔

اب وہ دوری ڈیڑھ لاکھ میل تک پہنچ سکتی ہے !

اب ایک لاکھ پچاس ہزار!

اور اگر لوگ اِسی طرح اس کی مدد کرتے رہے تو عنقریب چاند کو اٹھارہ ہزار میل کی دوری پر لایا جا سکے گا۔ اس کے بعد چاند کی اپنی قوتِ کشش بالکل ختم ہو جائے گی اور وہ ایک مہینے میں زمین کے گرد چکر لگانے کے بجائے صرف ڈیڑھ گھنٹے میں زمین کے گرد پورا چکر لگانا شروع کر دے گا۔ اور پھر رفتہ رفتہ چاند زمین پر اترنا شروع کر دے گا اور سیدھا چچرالکابل کی گود میں پہنچ جائے گا۔

ادھر وہ سائنسدان چاند کو زمین پر اتارنے کی کوشش میں مصروف تھا دوسری طرف دنیا کی بڑی بڑی حکومتیں اپنے سائنس دانوں کو مجبور کر رہی تھیں کہ وہ اس سائنسدان کے آلوں کا توڑ ایجاد کریں۔ چاند کو کسی صورت بھی زمین پر نہ اُترنے دیا جائے۔ کیوں کہ اگر ایسا ہو گیا تو لوگ اپنی حکومتوں سے بد ظن ہو جائیں گے اور عین ممکن ہے کہ بغاوت تک کر دیں۔ جن سائنسدانوں نے ایسا کرنے سے انکار کر دیا اُن کے ہاتھ کٹوا دیئے گئے۔

بغاوت کا خطرہ حکومتوں کو اس لئے تھا کیونکہ وہ سائنسدان اپنی روزمرہ کی کارگزاری کے ساتھ ساتھ لوگوں کو کچھ ہدایات بھی دیا کرتا تھا ایک بار اس نے کہا کہ اگر کسی ملک کی حکومت زمین پر چاند کے اُتر آنے کے بعد چاند کے علاقے پر قبضہ کرنے کے لئے لوگوں کو اپنی فوج میں بھرتی ہونے کو کہے تو لوگ بھرتی ہونے سے انکار کر دیں

ایک بار اس نے کسی بھی ملک کے خلاف لڑنے سے لوگوں کو منع کرتے ہوئے کہا کہ اگر ان کی حکومتیں انہیں لڑنے پر مجبور کریں تو وہ بھاگ کر چاند کے علاقے میں چلے آئیں۔ چاند کو زمین پر اتارنے میں انہوں نے کوئی مدد دی ہو یا نہ دی ہو چاند کے علاقے میں انہیں پناہ مل جائے گی اور ایک بار تو اس نے یہاں تک کہہ دیا کہ چاند کو زمین پر اتارنے کے آلوں کے علاوہ اس نے بعض ایسے آلے بھی ایجاد کر لئے ہیں کہ اگر پوری دنیا کی آبادی بھی چاند کے چھوٹے سے علاقے میں چلی آئے تو وہ سب کے لئے بنیادی ضرورت کی چیزیں یعنی روٹی، کپڑا اور رہنے کو مکان پیدا کر سکتے ہیں۔

دنیا کے لوگ زمین پر چاند کو اترتا دیکھنے کے لئے بے چین تھے ۔ اس لئے زیادہ وشوق انہیں چاند کی سرزمین پر آباد ہونے کا تھا ۔ کتنی خوب صورت دنیا ہوگی وہ جہاں جنگ ہوگی نہ وبائیں پھوٹیں گی ۔ کوئی کسی پر ظلم نہیں کرے گا ۔ ہر شخص اپنی نیند سوئے گا اپنی منیا جاگے گا ۔ سب کو یکساں طور پر روٹی ، کپڑا اور رہنے کو جگہ ملے گی ۔

لوگوں نے اپنی حکومتوں کے احکامات پر کان دھرنا بند کر دیا ۔ ہر کسی کے کان صرف ایک ہی اعلان سننے کو بے تاب رہنے لگے کہ اب چاند زمین پر اترا چاہتا ہے ۔

خدا خدا کر کے انتظار کی گھڑیاں ختم ہوئیں اور سائنسدان کے اس اعلان سے لوگوں کے چہرے پھول کی طرح کھل اٹھے کہ آج سے ٹھیک نویں دن چاند زمین پر اتر آئے گا ۔ اعلان ہونے کی دیر تھی کہ دنیا کے لوگوں نے سفر کی تیاریاں شروع کر دیں ۔ وہ اپنی بڑی بڑی کوٹھیوں اور چھوٹی چھوٹی جھونپڑیوں سے ، کارخانوں اور دفتروں اور کھیتوں سے

نکل آئے اور انہوں نے اپنی فالتو چیزیں ضرورت مندوں میں تقسیم کردیں بے کار بوجھ اٹھانے سے کیا فائدہ

لوگوں کی یہ حالت دیکھ کر حکومتیں بہت پریشان ہوئیں کہ اگر یہ لوگ ہی نہ رہیں گے تو وہ حکومت کس پر کریں گی؟ انہیں یقین تھا کہ ان کے سائنسدانوں نے اب تک ضرور ایسے آلے ایجاد کر لئے ہوں گے جو ان کے حکم کے مطابق چاند کو زمین پر نہیں اترنے دیں گے۔ لیکن جب انہوں نے دیکھا کہ خود سائنسدان بھی اپنی تجربہ گاہوں سے نکل کر عام لوگوں میں شامل ہو گئے ہیں تو ان کے غم و غصّے کی انتہا نہ رہی۔ انہوں نے اپنے پرانے پٹھوؤں کی طرف دیکھا اور خزانوں کے منہ کھول دئے۔ لیکن اب وہ پٹھو بھی حکومتوں کے اشارے پر ناچنے والی کٹھ پتلیاں نہیں رہے تھے لوگوں کے ساتھی بن چکے تھے۔ آخر انسان کا ضمیر بھی تو کوئی چیز ہے۔

چاندی کے چند ٹھیکیداروں کے لئے آدمی کب تک اپنے بھائیوں کے ساتھ غداری کرتا رہے۔ انہوں نے لوگوں سے اب تک کے اپنے تمام

قصوروں کی معافی مانگ لی گئی اور انہیں حکومتوں کی چالبازیوں سے بھی آگاہ کر دیا تھا۔

جب لوگوں کو بس میں کرنے کی کوئی اور صورت نظر نہ آئی تو حکومتوں نے اپنا آخری حربہ آزمانے کا فیصلہ کیا۔ انہوں نے اپنی فوجوں کو حکم دیا کہ جو شخص بھی ملک کی سرحد پار کرنے کی کوشش کرے اُسے فوراً گولی سے ہلاک کر دیا جائے ۔۔۔۔۔ لیکن کیسا حکم اور کیسی فوج ۔۔۔؟

فوجوں کے ہراول دستے تو عوام کی صفوں میں سب سے آگے کھڑے تھے۔ بندوقوں کے بجائے انہوں نے بچوں اور بوڑھوں کو، بیماروں کو اور کم زوروں کو اپنے کندھوں پر اٹھا رکھا تھا اور راستے کی واقفیت کی وجہ سے لوگوں کی رہبری کا کام سنبھال لیا تھا۔ بس چند منٹوں کی دیر تھی اور لوگوں کے قافلے دنیا کی سب سے خوبصورت وادی کی طرف کوچ کرنے والے تھے کہ انہوں نے تعجب سے دیکھا ۔۔۔۔۔ ان کے حاکم! جو ابھی کچھ دیر پہلے ان کے خون کے پیاسے ہو رہے تھے ۔ جنہوں

نے آج تک لوگوں پر ظلم و جور سے حکومت کرنے کے علاوہ کچھ سیکھا ہی نہ تھا، سر جھکائے لوگوں کی پچھلی صفوں میں آ کھڑے ہوئے ہیں اور مارے شرم کے زمین میں گڑے جاتے ہیں۔ لوگ اس عجیب و غریب کو ابھی سمجھ بھی نہ پائے تھے کہ ریڈیو پر سائنسدان کی آواز سنائی دی۔

”اے دنیا کے انسانو! میری طرف سے مبارک باد قبول کرو کہ چاند مقررہ وقت سے پہلے ہی زمین پر اتر آیا ہے۔“

سائنسدان کے اس اعلان پر لوگ خوشی سے اچھلنے کودنے اور ناچنے اور گانے لگے۔ ہر شخص کا چہرہ چاند کی طرح چمکنے لگا۔

”اے دنیا کے لوگو!“ ریڈیو پر سائنس دان کی آواز دوبارہ سنائی دی ”تم لوگ چاند کی سرزمین پر پہنچنے کے لئے بے تاب ہو گے ۔۔۔۔۔۔ اور تم لوگوں کی بے تابی ٹھیک بھی ہے کیونکہ آج تک تم لوگ ایک ایسی دنیا میں رہتے رہے ہو جہاں سوائے تکلیفوں کے دیکھنے کے اور کچھ نہ ملتا تھا۔

ذرا دیر کے لئے رک کر پھر سائنسدان نے کہنا شروع کیا ”لیکن آج سے تمہاری تمام

تکلیفیں اور مصیبتیں ختم ہو جائیں گی۔ ضرورت صرف اس بات کی ہے کہ تم اسی طرح مل کر رہ سکو۔ تمہاری اس زمین میں جس پر تم رہتے ہو اتنی زیادہ دولت و فن ہے کہ اگر تم آپس میں مل جل کر اُسے ڈھونڈھ نکالو تو موجودہ آبادی سے سیکڑوں ہزاروں گنا زیادہ آبادی اس دنیا میں سکھ چین سے رہ سکتی ہے۔ وہ ہزاروں میل لمبے علاقے جو صدیوں سے بنجر پڑے ہیں تم انہیں لہلہاتے کھیتوں میں تبدیل کرتے ہو، اپنے سائنسدانوں اور انجینیروں کی مدد سے دریاؤں کا رُخ موڑ سکتے ہو، علاقوں کی آب و ہوا تبدیل کر سکتے ہو اور ان کاموں کے لیے تمہیں اتنے زیادہ لوگوں کی ضرورت ہوگی کہ تمہیں آبادی کی کمی کا افسوس ہونے لگے گا۔“ لوگ حیران تھے کہ سائنسداں چاند کی بات کرنے کے بجائے یہ کیا اوٹ پٹانگ قصے لے بیٹھا ہے کہ سائنسدان نے اپنی بات کو جاری رکھتے ہوئے کہا: ”چاند بھر کا ہل میں نہیں اترا میں نے اور تم نے مل کر اُسے دنیا کی ہر زمین پر اُتار دیا ہے آسمان کا چاند تو ہمیشہ آسمان پر چمکتا رہے گا۔“

یہ کہہ کر سائنسداں خاموش ہو گیا !

٭ ٭ ٭

بچوں کا ایک مزید اردو سبق آموز ناول

چالاک مرغا

مصنف: کوثر چاندپوری

بین الاقوامی ایڈیشن شائع ہو چکا ہے